www.ingramcontent.com/pod-product-compliance
Lightning Source LLC
LaVergne TN
LVHW010420070526
838199LV00064B/5365
* 9 7 8 9 3 5 8 7 2 4 7 6 9 *

عید کا چاند ہو گیا

(مزاحیہ مضامین)

عظیم اختر

© Taemeer Publications LLC

Eid ka chaand ho gaya (Humorous Essays)

by: Azeem Akhtar

Edition: October '2023
Publisher & Printer:
Taemeer Publications LLC (Michigan, USA / Hyderabad, India)

ISBN 978-93-5872-476-9

مصنف یا ناشر کی پیشگی اجازت کے بغیر اس کتاب کا کوئی بھی حصہ کسی بھی شکل میں بشمول ویب سائٹ پر اَپ لوڈنگ کے لیے استعمال نہ کیا جائے۔ نیز اس کتاب پر کسی بھی قسم کے تنازع کو نمٹانے کا اختیار صرف حیدرآباد (تلنگانہ) کی عدلیہ کو ہوگا۔

© تعمیر پبلی کیشنز

کتاب	:	**عید کا چاند ہو گیا**
مصنف	:	**عظیم اختر**
جمع / ترتیب	:	اعجاز عبید
صنف	:	طنز و مزاح
ناشر	:	تعمیر پبلی کیشنز (حیدرآباد، انڈیا)
سالِ اشاعت	:	۲۰۲۳ء
تعداد	:	(پرنٹ آن ڈیمانڈ)
صفحات	:	۳۶
سرورق ڈیزائن	:	تعمیر ویب ڈیزائن

فہرست

(۱)	عید کا چاند ہو گیا	6
(۲)	مہمان خصوصی مشاعروں کا ایل ڈی سی	10
(۳)	حاضر دماغ، حاضر جواب استاد رسا	15
(۴)	ادبی اچکا صاحب کتاب	19
(۵)	استاد رسا دہلوی کے شاگرد	24
(۶)	میاں کتنے دن رہ گئے ہیں؟	28
(۷)	میاں! مجھ پر بھی مضمون لکھو	32

عید کا چاند ہو گیا

صاحبو! اب تو عید کا چاند دیکھنے کا شوق ہی نہیں رہا۔ ہلال عید کی جھلک دیکھنے کے لیے نہ لڑکے بالے کھو کھلی دیواروں پر چڑھتے ہیں اور نہ اونچے مکانوں کی چھتوں پر۔ بس افطار کے بعد ٹی وی کے سامنے بیٹھ جاتے ہیں اور ۲۹ ویں کے چاند کا مژدہ سننے کے لیے بیتابی سے چینل بدلتے رہتے ہیں۔ چاند دیکھنے کا اہتمام رویت ہلال کمیٹیوں کے مولویوں کے سپرد کر دیا گیا ہے، لیکن آج سے پچاس پچپن برس پہلے بائیس خواجاؤں کی اس بستی میں ۲۹ ویں روزے کو عید کا چاند دیکھنے کے شوق اور اہتمام کا عالم ہی کچھ اور ہوتا تھا۔ افطار سے پہلے اونچے مکانوں کی چھتیں آباد ہونی شروع ہو جاتیں۔ چاند دیکھنے کے شوق میں لڑکے بالے، بالیاں، عورتیں اور مرد اپنے اپنے مکانوں کی چھتوں پر چڑھ جاتے۔ وہیں روزہ افطار ہوتا اور پھر ہلال عید کی تلاش شروع ہو جاتی۔ وفور شوق کے مارے انتیس کا چاند دیکھنے میں کوئی کمی نہ چھوڑتے۔ اگر خوش قسمتی سے باریک سا چاند اپنی جھلک دکھا دیتا تو فضا میں نعرۂ تکبیر کی صدا گونجتی اور چھتوں پر خوشی کی لہر دوڑ جاتی۔ چھتوں پر سے ہی پڑوس کی خالاؤں، ممانیوں، بھابھیوں اور چچیوں کو سلام کا سلسلہ شروع ہو جاتا۔ مرد فوراً خریداری کے لیے بازار کا رخ کرتے، عورتیں عید کی تیاریوں میں مصروف ہو جاتیں اور لڑکے بالے گلی کوچوں میں 'چاند ہو گیا' 'چاند ہو گیا' کا نعرہ لگاتے ہوئے ہڑدم مچانے لگتے۔ ہیئر کٹنگ سیلونوں اور چائے خانوں میں فلمی گیتوں کی آواز اپنے عروج پر ہوتی۔ اگر انتیس کا چاند نظر نہ آتا تو وفور شوق پر اوس پڑ جاتی۔ لوگ اپنے اپنے کاموں میں مصروف ہو جاتے، لیکن رات دیر گئے تک سڑکوں پر یہی سوال گردش کرتا رہتا کہ "میاں چاند کی کوئی اطلاع

آئی۔"

آج بھی جب دہلی کے مطلع پر انتیس کا چاند نظر نہیں آتا تو یہی سوال یہاں کی گلیوں اور کوچوں میں گردش کرنے لگتا ہے۔ شوق بے انتہا کے ساتھ ایک دوسرے سے بس یہی سوال پوچھا جاتا ہے "میاں چاند کی کوئی اطلاع آئی۔" سنی سنائی ہوئی اطلاعیں گردش کرنے لگتی ہیں "سنا ہے کانپور اور علی گڑھ میں چاند ہو گیا۔" "ارے تو پھر دہلی کتنی دور ہے یہاں بھی انشاء اللہ ہو جائے گا۔" یہ سنی سنائی باتیں گردش کرتی رہتی ہیں اور جب چاند کانپور اور علی گڑھ سے دہلی کی طرف بڑھتا نہیں تو ایمان والے اتاولے ہو جاتے ہیں۔ رویت ہلال کمیٹیوں کے دفاتر پر بھیڑ جمع ہو جاتی ہے۔ اللہ اور اس کے رسول کے حکم پر جان و مال نچھاور کرنے کا دعویٰ کرنے والوں کی اکثریت ایک مزید روزے کے بوجھ سے بچنے کے لیے گھڑی کی چوتھائی میں عید کا اعلان چاہتی ہے اور علمائے کرام بے چارے شرعی احکامات کی روشنی میں اس خواہش بے جا کو پورا کرنے سے قاصر رہتے ہیں۔ ایک بار دہلی میں مطلع ابر آلود ہونے کی وجہ سے انتیس کے چاند نے یہاں کے روزہ داروں کو اپنی جھلک نہیں دکھائی، اس طرح اطلاعات کا بازار گرم ہو گیا کہ 'میرٹھ میں چاند ہو گیا۔' بلند شہر میں عید کا اعلان ہو گیا، ان خبروں نے دہلی کے روزہ داروں کے شوق عید پر مہمیز کا کام کیا۔ اگلی صبح میرٹھ و بلند شہر میں عید ہو اور دہلی والے بھلا کیوں پیچھے رہ جائیں۔ چنانچہ ایک جم غفیر رویت ہلال کمیٹی کے دفتر میں پہنچ گیا۔ تھوڑی دیر کے انتظار کے بعد نعرے بازی شروع ہو گئی اور جب ممبران شرعی احکامات کی روشنی میں عید کا اعلان نہ کر سکے اور اجلاس ختم ہو گیا تو لوگوں کا جوش اپنے عروج پر تھا، ممبروں سے سوال و جواب شروع ہو گئے اور بات اتنی بڑھی کہ ایمان والوں نے کمیٹی کے ایک معزز ممبر کو مسجد کی حوض میں پھینک دیا اور دوسرے ممبر ان خوفزدہ ہو کر بھاگے اور امام صاحب نے حجرے

میں جا کر پناہ لی "حوض میں پھینکے جانے والے ممبر بے چارے چھوٹے قد کے بزرگ تھے اس سے پہلے کہ وہ حوض میں ڈبکیاں کھاتے اور صورت حال بگڑتی کچھ لوگوں نے ان کو جلدی سے باہر نکالا اور بخیر وعافیت گھر پہنچا دیا۔ پتہ نہیں یہ حوض کا خوف تھا یا شہادت کے تمام تقاضے پورے ہو گئے تھے کہ نصف رات کے بعد عید کا اعلان کر دیا گیا اور پرانی دہلی کے اہل ایمان کی منو کامنا پوری ہو گئی تھی، لیکن دہلی کی دور دراز کی کالونیوں میں رہنے والے مسلمان جب سحری کھانے کے بعد دوبارہ سو کر اٹھے تو دہلی والوں کی اکثریت عید کی نماز ادا کر چکی تھی۔

دو تین سال قبل پھر ایسا ہی ہوا۔ ۲۹ کا چاند علی گڑھ، میرٹھ، بلند شہر، مظفر نگر میں اپنی جھلک دکھانے کے بعد دہلی کی راہ بھول گیا، اطلاعات کا بازار گرم تھا، وہاں چاند ہو گیا، وہاں عید کا اعلان ہو گیا، دہلی کے مسلمان محلوں میں یہی سوال گردش کر رہا تھا کہ 'میاں عید کا کوئی اعلان ہوا" رویت ہلال کمیٹیاں مصروف کار تھیں، رات کے گیارہ بج رہے تھے۔ لوگ غیر یقینی صورت حال سے پریشان تھے کہ اچانک ہمارے محلے کی بڑی مسجد کا سائرن بج اٹھا۔ سائرن کا بجنا تھا کہ لوگوں کے چہروں پر خوشی پھیل گئی، عید کی مبارکباد کا سلسلہ شروع ہو گیا، ہیئر کٹنگ سیلونز اور چائے خانوں میں فلمی گانوں اور قوالیوں کی ریکارڈنگ تیز ہو گئی، لوگ خوش تھے کہ رمضان خیر وعافیت سے گزر گئے کہ اچانک لاؤڈ اسپیکر پر بڑی مسجد کے امام صاحب کی آواز سنائی دی۔ وہ عام لوگوں سے مخاطب تھے بھائیو اور بہنو، چاند نہیں ہوا ہے۔ ہمارے محلے کے لمڈے بڑے حرامی ہیں، میں استنجا کر رہا تھا کہ کسی نے چپکے سے سائرن بجا دیا۔ اس لیے بھائیوں اور بہنوں کل عید نہیں ہو گی۔ مولانا یہ اعلان کر کے لوگوں کی خوشیوں پر پانی پھیر رہے تھے کہ محلے کی دوسری مسجد میں بھی سائرن بجنے کی آوازیں آنے لگیں۔ لوگ ان مساجد کی طرف دوڑے تو

وہاں کے امام حضرات بھی یہی شکایت کرتے ہوئے نظر آئے کہ "لمڈا سائرن بجا کر بھاگ گیا۔" اس صورت حال کے واضح ہونے کے بعد فلمی گانوں اور قوالیوں کی ریکارڈنگ بند ہوگئی۔ لوگوں کے جوش عید پر اوس پڑ گئی اور ان مساجد کے امام حضرات تھوڑی تھوڑی دیر کے بعد پانی پی پی کر یہی اعلان کرتے رہے 'حضرات' ہمارے محلے کے لمڈے بہت حرامی ہیں۔ کوئی لمڈا چپکے سے سائرن بجا کر بھاگ گیا، کل عید نہیں ہے۔

مہمان خصوصی مشاعروں کا ایل ڈی سی

کچھ ماہ و سال پہلے تک ہم بھی آپ میں سے اکثر حضرات کی طرح مشاعروں اور شعری نشستوں سے دور اپنی دنیا میں مگن رہتے تھے... دفتر سے گھر واپس آکر بیشتر وقت ٹیلی ویژن کے سامنے گزارتے یا پھر کسی سنیما ہال میں فلم دیکھتے لیکن ہوا یوں کہ جب ہم ایک مقابلہ جاتی امتحان پاس کر کے بلدیہ کے چھوٹے بابو سے ایک سرکاری دفتر میں بڑے بابو یعنی افسر ہو گئے تو سب سے پہلے اپنے پڑوسیوں اور محلے والوں کی معلومات عامہ میں اضافہ کرنے کے لیے ہم نے اردو اور انگریزی میں نیم پلیٹ تیار کرا کر گھر کے باہر لگوائی۔ عہدۂ جلیلہ کو جلی حروف میں لکھوایا تاکہ دیکھنے اور پڑھنے والوں پر اثر پڑے... لیکن اس تمام اہتمام اور شوشہ کے بعد بھی جب ایک دوسرے کی ٹوہ میں رہنے والے اڑوسیوں، پڑوسیوں اور ڈھکی چھپی باتوں کا بہی کھاتہ رکھنے والے محلے والوں نے کوئی نوٹس نہیں لیا اور کسی کے کان پر جوں تک نہیں رینگی تو ہمیں حیرت ہوئی۔ ہم سے زیادہ حیرت تو ہماری نصف بہتر کو تھی جس سے کسی بھی پڑوسن نے ہمارے نئے دفتر یا نئے عہدے کے بارے میں کچھ پوچھا تک نہیں۔ نصف بہتر نے خود ہی کئی بار پڑوسنوں کو ہماری ترقی اور نئے عہدے کے بارے میں بتایا تاکہ محلے میں بات پھیلے لیکن اے بسا آرزو کہ خاک شد۔

کچھ ماہ اسی طرح گزر گئے لیکن جب نیلی بتی والی سرکاری گاڑی ہمیں دفتر لانے اور لے جانے کے لیے صبح و شام محلے میں آنے لگی تو پڑوسیوں اور محلے والوں کی آنکھیں کھلیں۔ شروع میں کانا پھونسی ہوئی، ڈرائیور سے معلومات حاصل کی گئیں اور پھر ایک شام جب ہم دفتر سے واپس گھر آکر چائے پی رہے تھے کہ کچھ ہم محلہ اور پڑوسی آوارد

ہوئے۔ ہم نے گھڑی کی چوتھائی میں حق میزبانی ادا کیا۔ لذت طعام و دہن کے بعد ایک صاحب اہل محلہ کی نمائندگی کرتے ہوئے یوں لب کشا ہوئے۔ "عظیم صاحب، ہم لوگ اپنوں کی ترقی سے خوش ہونے والے ہیں۔ کتنے افسوس کی بات ہے کہ آپ افسر ہو گئے اور محلے میں کسی کو بتایا تک نہیں۔ ارے بھائی مٹھائی نہیں کھلاتے، کم از کم بتا تو دیتے۔ ہم لوگ تو یہی سمجھ رہے تھے کہ آپ صبح کے وقت اپنے صاحب کے گھر جاتے ہیں اور شام کو فائیلوں کا بستہ اس کے گھر چھوڑ کر آتے ہیں۔ اللہ بخشے ہمارے ابا بھی یہی کیا کرتے تھے، انہوں نے ملازمت کے دوران اسی طرح اپنے افسروں کے دل جیتے اور عزت سے نوکری کی..." ایک اور صاحب جو بہت دیر سے منھ کھولنے کے لیے بے چین تھے ان کے چپ ہوتے ہی بولے "میاں بھائی عظیم، آپ کا ڈرائیور بھی بہت تیز ہے۔ گونگے کا گڑ کھا کر گاڑی میں بیٹھا رہتا تھا۔ کل چچا غفورے نے اس کو چائے پلائی تو پتہ چلا کہ اب آپ افسر ہو گئے ہیں، یقین مانو بہت دیر تک کسی کو یقین ہی نہیں آیا، لیکن ڈرائیور کی بات پر یقین کرنا ہی پڑا۔ اللہ آپ کو جلدی سے پٹواری بھی بنائے..." ہم ان کے دعائیہ کلمات سن کر چونکے اور ان کی غلط فہمی دور کرنے کے لیے فوراً بولے "آپ کی اس محبت کا شکریہ۔ لیکن یہ پٹواری بننے کی دعا نہ دیں۔ اس عہدے کے کئی لوگ ہمارے ماتحت ہیں..." یہ سن کر ان سب کے چہرے کھل اٹھے لیکن ایک صاحب اپنی خوشی ضبط نہ کر سکے اور چہک کر بولے "اخاہ! تو اس کا مطلب یہ ہوا کہ فوٹو اور فارموں پر تمہارے دستخط بھی چلیں گے۔ ہم لوگوں کو فوٹو اور فارم وغیرہ اٹیچ کرانے کے لیے بڑے دھکے کھانے پڑتے ہیں۔ تھانے والے ایک فارم اٹیچ کرنے کے پچاس روپے لیتے ہیں اور طرح طرح کے سوال الگ کرتے ہیں ..." اس سے پہلے کہ وہ اپنی بات جاری رکھتے یا کوئی اور صاحب لب کشائی کرتے ہم نے ان کی بات کاٹ کر کہا "اب ہم فوٹو وغیرہ بھی اٹیسٹ کر سکتے ہیں۔ ہمیں

محلے والوں کی اس پریشانی کا پورا پورا احساس ہے اس لیے ایک مہر بنوا کر گھر میں بھی رکھ دی ہے تا کہ آپ حضرات کو اٹیسٹیشن کے لیے ادھر ادھر چکر کاٹنے اور پیسے ضائع نہ کرنے پڑیں، جب بھی کوئی فارم وغیرہ اٹیسٹ کرانا ہو تو بلا جھجھک تشریف لائیے، ہمیں آپ کی خدمت کر کے بڑی خوشی ہو گی۔ محلے والوں کا ہم پر پورا پورا حق ہے۔"

یہ سن کر ایک بزرگ نے زندہ باد کا نعرہ لگایا اور سب کو مخاطب کر کے بولے "دیکھو یہ ہے قوم کی خدمت کا جذبہ... اللہ تعالیٰ ان کو اجر دے اور یہ زندگی میں پھلیں پھولیں... میاں چھبے آج ہی مسجد سے اعلان کرا دو کہ کوئی بھی کاغذ پتر اٹیچ کرانا ہو تو محلے والے بھائی عظیم سے رابطہ قائم کریں اب وہ افسر ہو گئے ہیں..." ہم نے ہم محلہ بزرگ کے جذبات کا شکریہ ادا کرتے ہوئے درخواست کی کہ مسجد سے اس قسم کا اعلان نہ کرائیں، محلے والوں کو آپ حضرات کے توسط سے پتہ چل ہی جائے گا، لیکن وہ بزرگ ہی کیا جو چھوٹوں کی بات یا مشورہ مان لیں، چنانچہ پہلی فرصت میں مسجد کے لاؤڈا سپیکر سے اعلان کرا ہی ڈالا۔

اس اعلان کا ہونا تھا کہ محلے والوں کو ہمارے افسر ہونے کا علم ہو گیا اور حاجت مند صبح و شام دروازہ کھٹکھٹانے لگے، جو بھی آتا یہی کہتا "یہ اٹیچ کر دیجیے۔" ہم زیر لب مسکراتے ہوئے خاموشی سے اٹیسٹ کر دیتے لیکن اکثر یہی خیال آتا کہ جس قوم کو اللہ اور اس کے رسول صلی اللہ علیہ وسلم نے پڑھنے اور سیکھنے کا حکم دیا ہو اور علم حاصل کرنے کے لیے چین جیسے دور دراز ملک تک جانے کی تلقین کی ہو وہ آخر جہالت کے دائرے سے کب باہر نکلے گی۔

بہر حال اٹیسٹیشن (Attestation) کا یہ سلسلہ جب دراز اور قرب و جوار کے محلوں کے بھائی برادر بھی ہمارے پاس اٹیچ کرانے کے لیے ہمارے پاس آنے لگے اور اس ملی خدمت کے چرچے دور دور تک پہنچ گئے تو ہم پر سماجی، مذہبی اور ادبی تقریبات میں

پذیرائی کے دروازے خود بخود کھلنے لگے اور ہم کو بزرگان دین کے مزارات پر ہونے والے اجتماعات، شعری نشستوں اور مقامی مشاعروں میں خصوصیت کے ساتھ مدعو کیا جانے لگا۔ دعوت کو قبول نہ کرنا کفران نعمت سے کم نہیں، اس لیے ہم دعوت کو عجز و انکسار کے ساتھ قبول کرتے اور پھر وقت مقررہ پر شیروانی اور چوڑی دار پاجامہ زیب تن کر کے پہنچ جاتے۔ محلوں کی شعری نشستوں کی صدارت تو اکثر ہمارے حصے میں ہی آتی، لیکن مشاعروں اور ادبی جلسوں میں مہمان اعزازی کے طور پر ہی بلایا جاتا۔ مہمان اعزازی کے طور پر مشاعروں اور ادبی جلسوں میں مسلسل شرکت کرتے ہوئے ہم پر یہ عقدہ کھلا کہ اردو کے نیم سرکاری اداروں اور شہر کے ہر چھوٹے بڑے محلے اور کوچے میں خیمہ زن ادبی و شعری تنظیموں نے اردو کو فروغ دیا ہو یا نہ دیا ہو، لیکن سیمناروں، مشاعروں اور اسی قسم کی اور دوسری ادبی تقریبات میں صدر اور مہمان خصوصی کے علاوہ مہمان ذی وقار، مہمان مکرم، مہمان محترم، مہمان ذی شان، مہمان عالی قدر اور مہمان اعزازی کے نام پر ایک تیر سے کئی شکار کے مصداق چھوٹے بڑے سیاستدانوں، ادبی ٹھیکیداروں اور سرکار کے اعلیٰ افسروں کو خوش کرنے اور ان کی خوشنودی حاصل کرنے کے لیے ایک ایسی روایت کو جنم دیا ہے جو جنگل کی آگ کی طرح اردو دنیا میں پھیل گئی ہے اور اب ہر چھوٹے بڑے مشاعرے میں شاعروں، سیمناروں میں پروفیسر نقادوں کے ساتھ ایسے مہمانوں کا دستہ بھی اسٹیج پر سامعین سے تالیوں اور منتظمین سے گلدستوں اور پھول مالاؤں کی شکل میں جزیہ وصول کرنے کے لیے بیٹھا ہوا نظر آتا ہے۔ پیشہ ور قسم کے منتظمین مشاعرہ کی نجی مجبوریوں اور ذاتی ضرورتوں کے طفیل اب علاقائی پولس والے اور نو دولتے کرخندار بھی مشاعروں کے اسٹیج پر مہمان ذی وقار، مہمان مکرم اور مہمان عالی قدر وغیرہ بن کر اردو والوں سے خراج وصول کرتے ہیں۔

جب ہم نے مہمان اعزازی کے طور پر کئی درجن مشاعرے اٹینڈ کر لیے اور اس اعزاز سے طبیعت قدرے بھر گئی تو ایک بار ہم نے ایک منتظم مشاعرہ سے دبے لفظوں میں اس کا اظہار کیا تو وہ چونک کر بولے "نہیں عظیم صاحب، ابھی آپ کو مہمان خصوصی یا مہمان ذی وقار کے طور پر مشاعرے میں مدعو نہیں کیا جا سکتا۔ یہ بڑا نازک اور حساس معاملہ ہے۔ آپ کو اندازہ نہیں ہم منتظمین مشاعرہ کو معزز لوگوں کی پذیرائی اور ان کو اس طرح مہمان بنا کر مدعو کرنے کے معاملے میں اور بہت سی باتوں کے ساتھ سینئرٹی (Seniority) کا خاص خیال رکھنا پڑتا ہے۔ آپ سرکاری ملازم ہیں، بہتر طریقے سے سمجھ سکتے ہیں کہ جس طرح سرکاری دفتروں میں سکریٹری، ڈپٹی سکریٹری، انڈر سکریٹری، سپرنٹنڈنٹ، یوڈی سی اور ایل ڈی سی ہوتے ہیں، اسی طرح مشاعروں میں مہمان خصوصی، مہمان ذی وقار، مہمان عالی قدر، مہمان مکرم، مہمان محترم اور مہمان اعزازی ہوتے ہیں اور جونیئر حضرات ہی کو مہمان اعزازی بنایا جاتا ہے، مختصراً یوں سمجھئے کہ مشاعروں اور ادبی تقریبات کا مہمان اعزازی سرکاری دفتر کے ایل ڈی سی کی طرح ہی ہوتا ہے۔ آپ مشاعروں اور ادبی تقریبات کے میدان میں ابھی جونیئر ہیں، اس لیے بس مہمان اعزازی کے طور پر ہی شرکت کرتے رہیں۔ ایک دو سال کے بعد انشاء اللہ آپ بھی مہمان ذی وقار، مہمان عالی قدر اور مہمان مکرم کے مرتبے پر پہنچ جائیں گے۔

منتظم مشاعرہ کی بات میں وزن تھا۔ اس لیے ہم چپ ہو گئے، لیکن ہم جانتے ہیں کہ سرکاری دفتروں میں ایل ڈی سی عمر گزارنے کے بعد بھی مشکل سے ترقی پاتے ہیں اور یہ تو دنیا ہی دوسری ہے، اس لیے صاحبو کبھی کبھی سوچتے ہیں کہ کیا ہم بھی مہمان اعزازی کے طور پر یونہی مشاعروں کے ایل ڈی سی بنے رہیں گے۔

حاضر دماغ، حاضر جواب استاد رسا

اللہ بخشے ہمارے استاد رسا نماز روزے کے بڑے پابند اور ایک نیک انسان تھے۔ ان کی نگاہ میں تمام انسان اور بالخصوص کلمہ گو سب برابر تھے، لیکن بات اگر دلی اور دلی والوں کی ہوتی تو یہ گاڑی فوراً پٹری سے اتر جاتی۔ ان کی لغت میں جامع مسجد کے جنوبی دروازے کے اطراف کے گلی کوچے دلی اور ان گلی کوچوں میں رہنے والے ہی اصلی دلی والے تھے۔ دلی کے باقی گلی کوچوں اور محلوں کو وہ نو آبادیاں اور فصیل شہر سے باہر کے رہنے والوں کو "غیر ملکی" کہا کرتے تھے۔ وہ کھان پان رہن سہن اور زبان کے معاملے میں دلی والوں کے آگے کسی کو خاطر میں نہیں لاتے تھے۔

اسی طرح وہ شاعری میں صرف اپنے استاد حضرت بیخود دہلوی کو ہی قطب کی لاٹ سمجھتے تھے اور کسی دوسرے شاعر کو نہیں گردانتے تھے۔ اس شدت پسندانہ مزاج اور افتاد طبع کی وجہ سے وہ پرانی دہلی کے ٹھٹھول بازاروں میں بہت مقبول تھے۔ پرانی دہلی والے لاگت لگا کر تفریح لیتے ہیں چنانچہ استاد کی خوب خاطر مدارت کرتے اور ہمہ وقت گھیرے رکھتے تھے، لیکن ان کے ہم عصر شعراء ان سے لیے دیے ہی رہتے اور ادبی زبان میں دلی کے شعری منظر نامے کا persona Non Grata قرار دیتے تھے۔ کچھ شاعر ایسے بھی تھے جو استاد سے علیک سلیک رکھنے کے باوجود ان کو درپردہ تپانے میں کوئی کمی نہیں چھوڑتے تھے۔ استاد نے ایسے بلی لینے والے شاعروں کی ایک (Hit Lust) تیار کر رکھی تھی، جس میں منہ کو آنے والے شاعروں کی تعداد میں تو کوئی اضافہ نہیں ہوتا، ہاں ضرورت اور حالات کے تحت سیریل نمبروں میں تبدیلی ضرور ہوتی رہتی لیکن سرفہرست

ہمیشہ ڈاکٹر کامل قریشی مرحوم کا نام ہی رہتا۔ڈاکٹر کامل قریشی دلی کی قریش برادری سے تعلق رکھتے تھے۔ کروڑی مل کالج میں اردو کے استاد تھے اور شاعری میں حضرت بیخود دہلوی کے شاگرد تھے۔ استاد رسا اور کامل قریشی گرچہ خواجہ تاش تھے لیکن نہ جانے کیوں دونوں میں نوک جھونک چلتی تھی۔ اس نوک جھونک کی وجہ شاید یہ تھی کہ ڈاکٹر کامل قریشی نے نجی گفتگو میں کسی سے کہہ دیا کہ استاد رسا غلط بیانی سے کام لیتے ہیں۔ وہ حضرت بیخود دہلوی کے شاگرد نہیں صوفی اخگر رامپوری کے شاگرد ہیں، جن کی کسی زمانے میں جامع مسجد کے پاس چائے کی دوکان تھی۔ یہ بات دو تین لوگوں سے ہوتی ہوئی استاد رسا تک پہنچی۔ وہ دلی کا دم بھرنے والے تھے بھلا ایک یوپی والے کے شاگرد کیسے ہو سکتے تھے؟ چنانچہ ڈاکٹر کامل قریشی کے خلاف محاذ کھل گیا اور کسی شاگرد سے کہلوا بھیجا کہ "غیر ملکی حدود میں رہ ورنہ قلم چھین کر چھری، مڈی تھما دوں گا۔" استاد رسا کے بارے میں ڈاکٹر کامل قریشی کا بیان تو چند کانوں تک ہی محدود رہا، لیکن استاد کا جملہ پر لگا کر اڑا، سارے شہر میں پھیل گیا اور اس کی بازگشت جگہ جگہ سنائی دینے لگی۔ تفریح لینے والوں کو ایک سنہری موقع ہاتھ لگ گیا، استاد رسا کو دیکھتے ہی ان کے تبصرے کی جامعیت پر داد و تحسین کے ڈونگرے برساتے اور خوب داد دیتے۔ڈاکٹر کمال قریشی میں ترکی بہ ترکی جواب دینے کے تمام اوصاف حمیدہ موجود تھے، لیکن اس کٹیلے اور کرے کرے جملے پر پیچ و تاب کھا کر رہ گئے۔ ممکن ہے انھوں نے خاموشی میں ہی عافیت سمجھی ہو۔

ایسے مچیٹوں میں استاد رسا اپنی حاضر جوابی کی وجہ سے ہمیشہ بھاری پڑتے اور معترض و مخالفت کو منہ کی کھانی پڑتی۔ مخالف یا معترض منہ کی کھاتا اور استاد رسا کی گردن تن جاتی۔ ایک بار ڈاکٹر کامل قریشی کی ادبی تنظیم کی جانب سے باڑہ ہندو راؤ میں مشاعرہ منعقد کیا گیا۔ استاد رسا بھی مشاعرے میں مدعو تھے۔ جب شمع سامنے آئی تو استاد نے مطلع

پڑھتے ہی مشاعرہ لوٹ لیا۔ نہایت ہی مرصع غزل اس پر استاد کا انداز ادائیگی اور پھر سامعین کی بے پناہ داد۔ استاد نے غزل کیا سنائی جھنڈے گاڑ دیے۔ مشاعرے کے بعد چائے کے دوران بہت سے سامعین نے استاد سے بند مصافحے کیے۔ کنونیر مشاعرہ نے بڑے ادب واحترام کے ساتھ استاد کو زادراہ کا لفافہ پیش کیا، استاد نے بڑی بے نیازی سے لفافہ لے کر واسکٹ کی اندرونی جیب میں رکھ لیا۔ چائے کا دور ابھی ختم نہیں ہوا تھا کہ ڈاکٹر کامل قریشی استاد کے پاس آئے، غزل کی تعریف کی اور ایک بند لفافہ استاد کی طرف بڑھا دیا۔ استاد نے بڑی بے نیازی سے لفافہ لیا اور واسکٹ کی باہر والی جیب میں رکھ لیا۔ چائے کے دور کے خاتمے کے بعد شعرا چلنے لگے تو استاد نے بھی کنوینر سے اجازت چاہی اور اپنے دو تین شاگردوں کے جلو میں مشاعرہ گاہ سے نکلے، ابھی بیس پچیس قدم ہی چلے تھے کہ ڈاکٹر کامل قریشی کی آواز سنائی دی "استاد ٹھہریے۔" یہ آواز سن کر استاد رک گئے، پیچھے مڑ کر دیکھا تو ڈاکٹر کامل قریشی دو تین لوگوں کے ہمراہ آتے دکھائی دیے۔ ڈاکٹر کامل استاد کے قریب آتے ہی پھٹ پڑے۔

"استاد، تمہیں شرم نہیں آتی، دوبار معاوضہ وصول کر لیا، بے ایمانی کی کوئی حد بھی ہے، ناک کٹوادی تم نے دلی والوں کی۔"

یہ کہہ کر کامل قریشی آگے بڑھے اور استاد کی واسکٹ کی باہری جیب سے جھانکتا ہوا لفافہ نکال لیا۔ استاد کے شاگرد دم بخود تھے اور کامل قریشی استاد کو لعن طعن کرتے ہوئے اگلا پچھلا حساب چکا رہے تھے۔ استاد خاموشی سے سب کچھ سنتے رہے، کن آنکھوں سے اپنے شاگردوں کی طرف دیکھا، ایک نظر ڈاکٹر کامل قریشی پر ڈالی اور تند لہجے میں بولے:

"گھر بلا کر دلی والے کی عزت لوٹ لی اور دولت بھی چھین لی اے ایک تو واپس کر۔"

یہ کہہ کر کامل قریشی کی طرف تیزی سے بڑھے اور جھپٹا مار کر لفافہ چھین لیا۔ چاروں طرف نگاہ ڈالی، اطمینان سے جیب میں لفافہ رکھا اور اپنے شاگردوں کی طرف مڑ کر بولے "چلو میاں، چلو، بزرگوں نے سچ ہی کہا تھا کم ذہنوں کے یہاں کبھی مت جانا، وہاں عزت ہمیشہ خطرے میں رہتی ہے"۔

یہ کہہ کر استاد رسا چل دیے اور کامل قریشی ہکابکا دیکھتے رہ گئے۔

ادبی اچکا صاحب کتاب

ممکن ہے دہلی والوں کے استاد یعنی استاد رسا کسی زمانے میں یہاں کے شعری، ادبی حلقوں میں اور مشاعروں میں رسا دہلوی کے نام سے جانے پہچانے جاتے رہے ہوں لیکن ہماری عمر کے لوگوں نے جب ہوش سنبھالا تو استاد کا سابقہ ان کے نام کے ساتھ لازم و ملزوم ہی نظر آیا اور وہ دہلی کے ایک کونے سے دوسرے کونے تک استاد رسا کے نام سے ہی مشہور نظر آئے۔ ہر چھوٹا بڑا شخص ان کو استاد یا استاد رسا کہتا تھا۔ مشاعروں کے پوسٹروں اور دعوت ناموں میں بھی اہتمام کے ساتھ استاد رسا لکھا بھی جاتا تھا۔ اس طرح دہلی کی ادبی اور سماجی زندگی میں استاد کا لفظ ان کی پہچان بن گیا تھا۔ ان کے اکثر ہم عصر شعراء بھی انہیں استاد ہی کہہ کر مخاطب کرتے تھے۔ مشاعروں اور ادبی نشستوں میں جب ان کے ہم عصر انہیں استاد کہہ کر مخاطب کرتے تو ان کے چہرے پر طمانیت کی ایک لہر دوڑ جاتی اور وہ سراپا انکسار بن کر متوجہ ہوتے۔ استاد رسا گرچہ اپنے ہم عصروں کی دل سے عزت کرتے تھے اور انہیں یوم بیخود کے سالانہ مشاعروں میں ضرور مدعو کرتے، لیکن کچھ ایسے ہم عصر شعراء بھی تھے جو انہیں صرف رسا صاحب کہتے اور بھولے سے کبھی بھی استاد کا سابقہ نہ جوڑتے۔ استاد کے یہاں ایسے ہم عصروں کی کوئی قدر و منزلت نہیں تھی۔

ایسے ہم عصر عام طور پر استاد رسا سے تفریح لینے یا ان کو چڑانے کے لیے شعوری یا غیر شعوری طور پر کوئی نہ کوئی حرکت ضرور کرتے اور پھر استاد رسا کا نثری قصیدہ شروع ہو جاتا جو ان ہم عصروں کے خاندانی عادات و خصائل پر ہی جا کر ختم ہوتا۔ ایک شام استاد

رسا حسب معمول اردو بازار کی ایک بند دکان کے تھڑے پر اپنے چند شاگردوں اور نیاز مندوں کے ساتھ بیٹھے ہوئے تھے کہ اچانک اردو کے ایک لیکچرر تشریف لائے جو شاعری بھی کرتے تھے اور استاد کی درپردہ مخالفت کرنے کے لیے بھی مشہور تھے۔ رسمی سلام و دعا کے بعد استاد نے حال چال پوچھا تو بڑی بے نیازی سے بولے، بھئی رسا صاحب مشاعروں اور کانفرنسوں سے بہت پریشان ہوں، آئے دن سفر میں رہتا ہوں، پچھلے دنوں سنگاپور کا سفر رہا۔ وہاں تین مشاعرے تھے۔ منتظمین کے اصرار پر نہ چاہتے ہوئے بھی جانا پڑا۔ دو تین پاکستانی شاعر اور بھی تھے لیکن سامعین نے دل کھول کر داد دی تو بس اس دہلی والے کو دی۔ پرسوں ایک ہفتہ کے لیے کوئمبٹور جا رہا ہوں۔ وہاں ایک بین الاقوامی علمی ادبی کانفرنس ہے۔ اس میں شرکت بہت ضروری ہے۔ اگلے ماہ دبئی کے عالمی مشاعرے میں شرکت کرنی ہے۔ مشاعرہ کے منتظمین اور وہاں کے اردو نواز حضرات میرے زبردست مداح ہیں، ان کی محبت میں جانا ہی پڑے گا۔ موصوف بڑے فخر و مباہات سے اپنی مصروفیات گنا رہے تھے اور استاد رسا حیرت سے ان کو تک رہے تھے۔ استاد کی حیرت میں اور اضافہ کرنے کے لیے موصوف نے اپنا سلسلہ کلام جاری رکھا اور بولے، "میاں رسا صاحب، اتنی مصروفیات کے باوجود لکھنے پڑھنے کا سلسلہ بدستور جاری ہے۔ پچھلے ہفتے میری یہ نئی کتاب مارکیٹ میں آئی ہے اور اب تک نو کتابیں شائع ہو چکی ہیں۔"

یہ کہہ کر موصوف نے اپنا بریف کیس کھولا، ایک کتاب نکالی۔ اندر کے ایک صفحہ پر کچھ لکھا اور استاد کو پیش کرتے ہوئے بولے، میری یہ کتاب داغ اسکول پر ہے۔ استاد بیخود کے تذکرے میں آپ کا حوالہ بھی موجود ہے۔ استاد نے کتاب ہاتھ میں لی، سرورق کو دیکھا، اندرونی صفحات پر نظر ڈالی، ایک ہنکار بھری اور کتاب کو پہلو میں رکھتے ہوئے

بولے، "طباعت اچھی ہے اور جلد بھی مضبوط ہے"۔ یہ کہہ کر اپنے شاگرد سے بولے، میاں ان کے لیے چائے وائے کا انتظام کرو، انہیں اگلے ہفتے کوئمبٹور جانا ہے۔ یہ سن کر لیکچرر موصوف جلدی سے بولے، نہیں نہیں رسا صاحب، چائے کے تکلف کی ضرورت نہیں، اب میں چلتا ہوں۔ بہت سے ضروری کام باقی ہیں، دبئی کے سفر کے بعد آپ سے ضرور ملوں گا اور آپ کی چائے پیوں گا، لیکن آپ یہ کتاب ضرور پڑھیے، یہ میری نویں کتاب ہے۔ یہ کہہ کر موصوف چلے گئے۔ ان کے جانے کے بعد استاد نے کتاب کو ایک بار پھر الٹا پلٹا، اندرونی صفحات کو غور سے دیکھا، کچھ پڑھا، ایک ہنکار بھری اور پھر کتاب بند کر کے پہلو میں رکھ لی۔

اس دن کے بعد سے وہ کتاب ہمہ وقت استاد کی بغل میں دبی ہوئی نظر آنے لگی۔ دس پندرہ دن ہی گزرے تھے کہ ایک دن استاد کو وہ لیکچرر صاحب اردو بازار میں گھومتے ہوئے نظر آ گئے۔ استاد شاید ایسے ہی کسی دن کے منتظر تھے۔ چنانچہ آگے بڑھ کر نہایت انکساری کے ساتھ سلام کیا اور چائے کی دعوت دے ڈالی۔ اس دن شاید لیکچرر صاحب کی مت ماری گئی تھی یا کسی اور دھُن میں تھے کہ بغیر کچھ سوچے سمجھے دعوت قبول کر لی۔ استاد موصوف کو لے کر مٹیا محل کے ایک چائے خانہ میں پہنچے۔ عزت و احترام سے ایک بینچ پر بٹھا دیا، چائے اور بسکٹ کا آرڈر دیا۔ موصوف نے بیٹھتے ہی لن ترانیاں شروع کر دیں۔ "میں نے نثر میں بڑا کام کیا ہے۔ بڑی گرانقدر ادبی خدمات انجام دی ہیں۔ شاعری کے حوالے سے تو سب جانتے ہی ہیں۔ لیکن نثر میں بھی اب میرا اعتراف کیا جانے لگا ہے۔ پاکستان میں تو مجھے دہلی پر اتھارٹی مانا جاتا ہے۔ میری تین کتابیں کراچی میں چھپ کر مقبول ہو چکی ہیں۔ آپ لوگ صرف شاعری کرتے ہیں اور بسم اللہ کے گنبد میں بند رہتے ہیں۔" یہ کہہ کر لیکچرر موصوف استہزائیہ انداز میں بولے، "میاں رسا صاحب آپ کو کیا

پتہ اس حقیر فقیر دہلی والے کے کیا جلوے ہیں۔ میری اس نئی کتاب نے ادبی حلقوں کو خاصا متاثر کیا ہے۔" موصوف ابھی یہی کہہ پائے تھے کہ چائے خانے میں بیٹھے ہوئے لوگوں نے دیکھا کہ استاد نے ایک زوردار ہنکاری بھری اور زوردار آواز میں بولے، "حقیر فقیر صاحب آپ صحیح فرما رہے ہیں، آپ کے باہر بڑے جلوے ہیں، کچھ جلوے تو یہاں بھی ہو جائیں۔" یہ کہہ کر استاد نے پہلو میں رکھی ہوئی بُغچی نما پوٹلی کھولی اور موصوف کی کتاب نکال کر بولے، "ہاں تو حقیر فقیر پروفیسر صاحب، یہ آپ کی نویں کتاب ہے جس نے ادبی حلقوں کو متاثر کیا ہے۔" لیکچرر موصوف فوراً بولے، "ہاں بھئی، یہ میری نویں کتاب ہے۔" استاد نے فہرست مضامین کے صفحے پر انگلی رکھتے ہوئے کہا، "اگر یہ آپ کی کتاب ہے تو پھر یہاں دوسروں کے نام کیوں ہیں؟"

لیکچرر موصوف استاد کے اس سوال کے لیے تیار نہیں تھے۔ اس سے پہلے کہ استاد کچھ اور کہتے جلدی سے بولے، "میاں میں نے مشہور و ممتاز قلم کاروں کے مضامین یکجا کر کے ایک جامع مقدمہ قلم بند کیا ہے۔ اس مقدمہ سے ان مضامین کی ادبی اہمیت بڑھ گئی ہے۔" استاد ان کی بات کاٹتے ہوئے بولے، "اچھا تو آپ نے مقدمہ بازی کر کے دوسروں کے مضامین کی ادبی اہمیت بڑھا دی۔" یہ کہہ کر استاد نے جلدی سے مقدمہ کے صفحات پھاڑے اور مٹھی میں موڑ توڑ کر باہر پھینکتے ہوئے بولے، "پروفیسر صاحب، اب آپ اس کتاب میں کہاں ہیں؟" لیکچرر صاحب اس صورت حال کے لیے تیار نہیں تھے۔ غصے میں بھنا کر کھڑے ہو گئے اور بولے، "رساتم میری ادبی خدمات اور مقبولیت سے جلتے ہو۔ میں تمہیں اس بد تمیزی کے لیے زندگی بھر معاف نہیں کروں گا۔" استاد نے برجستہ جواب دیا، "میاں پروفیسر صاحب، دوسروں کے مضامین کو جمع کر کے اپنے نام سے کتاب چھاپنا اگر ادبی خدمت ہے تو پھر اچکا پن کیا ہے؟ بس دہلی والا سمجھ کر چھوڑ دیا ورنہ

دل چاہتا ہے کہ تمہاری اس نویں کتاب کی وہ خبر لی جائے کہ تم شہر میں ادبی اچکا صاحب کتاب کے نام سے مشہور ہو جاؤ اور یہاں سے بھاگ کر صرف کوئمبٹور میں پناہ لو، وہاں تو تمہارے بہت مداح ہیں۔"

یہ سن کر لیکچرر موصوف غصے میں کھڑے ہوئے اور بڑبڑاتے ہوئے چلے گئے۔ پتہ نہیں استاد نے اس کتاب کی خبر لی یا نہیں، لیکن ادبی جلسوں اور شعری نشستوں میں لیکچرر موصوف جب بھی نظر آتے اکثر سامعین مسکرا کر دھیرے سے کہتے، ادبی اُچکا صاحب کتاب۔

استاد رسا دہلوی کے شاگرد

گئے گزرے زمانہ کے استاد شاعروں کی طرح اللہ بخشے استاد رسا دہلوی بھی استاد شاگردی کی روایت میں یقین رکھتے تھے اور شاگرد بناتے تھے۔ سچ تو یہ ہے کہ وہ شاگرد بنانے کے نام پر شاگرد پالتے تھے لیکن شاگرد بنانے اور شاگرد پالنے کے معاملہ میں نہایت ہی متلون مزاج تھے چونکہ کھرے کے کھرے دہلی والے تھے، دہلی اور دہلی والے ہی ان کے لیے سب کچھ تھے۔ اس لیے غیر دہلی والے کو گھاس بھی نہ ڈالتے تھے۔ کوئی دہلی والا ہوتا تو سب سے پہلے اس کے حسب و نسب یاد دوسرے لفظوں میں اس کی دہلویت کا شجرہ معلوم کرتے اور اگر دل ٹکتا تو پھر اس کو اپنے تلامذہ میں داخل کرتے، محنت کرتے اور بقول شخصے لاگت لگاتے۔ ان میں خود اعتمادی پیدا کرنے اور شعری دنیا میں روشناس کرانے کے لیے اپنے ساتھ مشاعروں میں لے جاتے، شاگرد غزل سرا ہوتا تو اپنے مخصوص انداز سے خوب داد دیتے اور اس کی پیٹھ تھپتھپاتے۔ استاد رسا نے دبستان داغ کی روایتوں کو نئی نسلوں تک پہنچانے کے لیے بہت سے دہلی والوں کو شاگرد بنایا۔ ان کو شاعری کے رموز اور زبان و بیان کے نکات سمجھائے لیکن جب یہ شاگرد کسی قابل ہوئے تو خاموشی سے کسی اور استاد شاعر کی چھتری پر جا بیٹھے۔ کچھ شاگردوں نے تو ان کے تلمذ کا سرے سے ہی انکار کر دیا۔ استاد بے چارے اس دیدہ دلیری پر پیچ و تاب کھا کر رہ جاتے۔ اپنی عادت کے مطابق ایسے شاگردوں کو بے نقطہ سنا بھی نہیں سکتے تھے، بس یہی کہہ کر چپ ہو جاتے تھے کہ یہ اصل نسل سے دہلی والا نہیں تھا۔ اصل نسل سے دہلی والا ہوتا تو ایسا نہیں کرتا۔ استاد اصل نسل سے کسی کھرے دہلی والے کو اپنا جانشین بنانے کے

خواہشمند تھے تاکہ دبستان داغ کی یہ روایت زندہ رہے کہ دہلی کی ایک تاریخی درگاہ کے شعر و شاعری کے شوقین سجادے نے استاد سے اصلاح لینے کی خواہش ظاہر کی۔ اندھے کو کیا چاہیے دو آنکھیں۔ استاد کو تو ایک کھرا دہلی والا اور وہ بھی سید زادہ ہاتھ لگ رہا تھا، چنانچہ اولین فرصت میں سجادے کو اپنے تلامذہ میں شامل کیا اور داغ اسکول کی روایتوں کا امین قرار دے دیا۔ سجادے صاحب ہر دوسرے تیسرے دن استاد کی خدمت میں حاضر ہوتے، کچھ دیر بیٹھتے، اشعار پر اصلاح لیتے اور اجازت لے کر اپنے دوستوں میں پہنچ جاتے۔ یہ سلسلہ ڈیڑھ دو سال تک جاری رہا، استاد اپنے ملنے جلنے والوں کے سامنے بڑے فخر سے نئے شاگرد کی خاندانی بزرگی کا دم بھرتے۔ اس کی شعری صلاحیتوں کی تعریف کرتے، استاد کو گویا صحیح معنوں میں دہلی کی روایتوں کا وارث مل گیا تھا کہ خبریں اڑنے لگیں کہ استاد کا شاگرد ایک دوسرے استاد سے پینگیں بڑھا رہا ہے اور وہ استاد شاعر شام کے دھندلکے میں درگاہ میں آتے جاتے نظر آتے ہیں۔ دودھ کا جلا چھاچھ بھی پھونک پھونک کر پیتا ہے۔ اس لیے استاد کسی سے کچھ کہہ نہیں سکتے تھے۔ چنانچہ اپنے ہی طور پر حقیقت حال معلوم کرنے کی کوشش کی۔ ادھر کئی دنوں تک جب سجادے صاحب استاد کی خدمت میں حاضر نہیں ہوئے تو بلی تھیلے سے باہر آگئی اور پتہ چلا کہ استاد کا شاگرد ٹونک کے ایک استاد شاعر کی چھتری میں جا بیٹھا ہے۔ استاد ذہنی طور پر اس جھٹکے کے لیے تیار نہ تھے خون کا گھونٹ پی کر رہ گئے۔ چند دنوں بعد وہ شاگرد دوسرے استاد کے جلو میں مشاعروں میں آنے جانے لگا، استاد کے نیاز مند اگر ان سے شاگرد کے بارے میں پوچھتے تو استاد طرح دیے جاتے اور تلملا کر رہ جاتے۔ اس شاگرد کے سیدہ زادہ اور پیر زادہ ہونے کی وجہ سے اس کے حسب و نسب کے بارے میں کچھ کہہ بھی نہیں سکتے تھے، بس خون کے گھونٹ پی کر رہ جاتے۔ ایک دن استاد اپنے دو تین نیاز مندوں کے ساتھ اردو بازار

کے ایک تھڑے پر بیٹھے ہوئے تھے کہ وہ سجادے صاحب آتے ہوئے نظر آئے۔ استاد کو تھڑے پر بیٹھے ہوئے دیکھا تو وہ ذرا جھجکے۔ دور سے سلام کیا اور آگے بڑھنے لگے۔ استاد شاید ایسے کسی موقع کی تلاش میں تھے، اشارے سے سلام کا جواب دیتے ہوئے بڑے احترام سے ان کو آواز دی، اور اپنے پاس بلایا۔ وہ جھجکتے ہوئے استاد کے پاس آئے تو استاد کھڑے ہو گئے۔ ان کے شانے پر ہاتھ رکھا اور ایک پھنکاری لے کر بولے 'ابے سید زادے شاعری کے شوق میں جہاں پہنچا ہے معلوم ہے وہ تو بڑی بڑی ریاستیں ہضم کر گئے اور ڈکار تک نہیں لی۔ تیرے بزرگوں نے تو صرف ڈیڑھ قبر ہی چھوڑی ہے تو کس برتے پر وہاں چلا گیا بھلا کب تک سفید ہاتھی پالے گا'۔ شاگرد کے پاس استاد کے سوال کا کوئی جواب نہیں تھا، منمنا کر رہ گئے اور دہلی کے ادبی حلقوں میں ایک عرصہ تک استاد کے اس تبصرے کی بازگشت سنائی دیتی رہی۔

استاد مشاعرے میں تقریباً دوزانو بیٹھ کر شعر اور مصرعہ پڑھتے، خود گھٹنوں کے بل اٹھ جاتے۔ شعر کے نقطۂ عروج پر پہنچ کر وہ اور عام طور پر سامعین بھی جوش میں آجاتے اور واہ واہ کا شور بلند ہو جاتا، یہ استاد کا مخصوص اندازہ تھا۔ وہ چاہتے تھے کہ ان کا کوئی شاگرد ان کی پیروی کرے اور مشاعروں میں اسی انداز میں شعر پڑھا کرے چنانچہ ایک شاگرد پر توجہ کی، خوب ٹریننگ دی اور جب مطمئن ہو گئے تو مشاعروں کے اکھاڑے میں اتارنے کی تیاری کرنے لگے۔ خیرات گھر سے شروع ہوتی ہے چنانچہ سب سے پہلے اپنے ہی سالانہ مشاعرے میں اتارا۔ دو تین شاعروں کے بعد اس کے شاگرد کو دعوت سخن دی۔ شاگرد اسٹیج پر آیا، سامعین کے جم غفیر کو دیکھ کر نروس ہو گیا اور استاد کی ساری ٹریننگ بھول گیا۔ استاد نے ہمت بندھائی، تو ان کے قریب چار زانو ہو کر بیٹھ گیا اور مائک پر ہاتھ رکھ کر غزل شروع کرنا ہی چاہتا تھا کہ استاد نے اس سے دھیرے سے کہا، بیٹے دو

زانو بیٹھو اور شعر سناؤ۔ مائک حساس تھا، سامعین نے استاد کی سرگوشی سنی، شاگرد تو نروس ہو گیا۔ استاد نے پھر کان میں کہا، میاں دوزانو ہو کر بیٹھو۔ شاگرد نے گھبرا کر استاد پر نظر ڈالی تو سامعین میں سے ایک آواز آئی استاد بکر بیٹھک کہو، بکر بیٹھک، ہی سمجھے گا تمہارا یہ شاگرد یہ کمیلے میں کام کرتا ہے"۔ شاگرد بکر بیٹھک سنتے ہی دوزانو ہو کر بیٹھ گیا اور مشاعرہ گاہ میں قہقہوں کا طوفان ابل پڑا۔

میاں کتنے دن رہ گئے ہیں؟

پرانی دلی والوں کے چہیتے اور لاڈلے شاعر سید رفیق احمد المعروف استاد رسا دہلوی اللہ بخشے خوب انسان تھے۔ دلی والوں کے سامنے کسی کو خاطر میں نہ لاتے، فصیل شہر سے باہر کے محلوں اور گلی کوچوں میں رہنے والوں کو غیر ملکی کہتے۔ ان کے نزدیک جامع مسجد کے قرب وجوار میں پشتوں سے رہنے بسنے والے دلی والے تھے اور ان کی زبان معتبر و مستند تھی۔ مزاج کی اس ٹیڑھ کے باوجود ان میں قلندری اور انکساری کوٹ کوٹ کر بھری ہوئی تھی۔ سب سے اخلاص سے پیش آتے اور انکساری سے ملتے تھے۔ قلندرانہ طبیعت اور منکسر المزاجی کی وجہ سے وہ دہلی والوں کے چہیتے اور لاڈلے شاعر تھے۔ اس عوامی چاہت اور لاڈ کی وجہ سے دہلی کے چھوٹے بڑے مشاعرے اکثر استاد ہی کے ہاتھ رہتے تھے۔ لیکن اس کے باوجود جامع مسجد کے گلی کوچوں میں ایسے لوگوں کی کمی نہیں تھی جو استاد کو تپانے، ان سے تفریح لینے اور بے نقط سننے کے لئے ان کو چھیڑتے۔ یہ چھیڑ چھاڑ ہمیشہ غائبانہ ہوتی۔ استاد کے کسی شاگرد یا نیاز مند کے سامنے ان کی شخصیت یا دہلی پرستی کے بارے میں کوئی کرکرا سا جملہ کہا جاتا یا پھبتی کسی جاتی۔ ایک دو دن میں یہ جملہ یا پھبتی استاد تک پہنچ ہی جاتی۔ استاد راوی کا بیان غور سے سنتے۔ تھوڑی دیر خلاء میں گھورتے اور پھر ایک ہنکاری بھر کر خاموش ہو جاتے۔ ان کے نیاز مند اور شاگرد سمجھ جاتے کہ اب جملہ بازی کرنے یا پھبتی کسنے والے کی خیر نہیں۔

استاد ایسے لوگوں کو حریف کہتے تھے۔ اگر کوئی نیا حریف پیدا ہوتا تو استاد شروع شروع میں اس کو طرح دیتے، اشاروں، کنایوں میں دلی والے سے بلکی وانہ لینے کا مشورہ

دیتے۔ یہ مشورہ اگر کارگر نہ ہوتا تو پھر اسی مستقل حریفوں کی فہرست میں شامل کر لیتے۔ اس کے اور اس کے خاندان کے بارے میں چھوٹی بڑی تمام باتیں جمع کرتے اور موقع محل دیکھ کر اس کے بخیے ادھیڑتے۔ استاد کے مستقل حریفوں کی فہرست طویل تھی لیکن ترجیحی بنیادوں پر حریفوں کی نمبرنگ میں تبدیلی ہوتی رہتی تھی۔ استاد اپنے حریفوں کا قافیہ تنگ کرنے کے لئے اکیلے ہی کافی تھے، لیکن کبھی کبھی اس کار خیر میں مرحوم دہلی کالج کے شریر اور چلبلے طلباء بھی استاد کے شریک ہو جاتے اور حریف کا قافیہ تنگ کرنے میں کوئی کمی نہیں چھوڑتے۔

استاد کے ایک ایسے ہی مستقل حریف تھے جن کا شعر و ادب سے کوئی لینا دینا نہیں تھا، لیکن نہ جانے کیوں استاد سے خدا واسطہ کا بیر رکھتے تھے اور استاد کو زچ کرنے کا کوئی موقع ہاتھ سے جانے نہیں دیتے تھے۔ آسودہ حالی نے گھر دیکھ رکھا تھا۔ اس لئے جزوقتی سیاست کرتے تھے۔ سیاستدانوں کے آستانوں کی سجدہ ریزی کرنے اور مرغن کھانے کھلانے کے طفیل کسی سرکاری کمیٹی میں لے لئے گئے۔ کمیٹی کے ممبر کیا بنے اوچھے کو تیتر مل گیا۔ اس قسم کے "عہدہ ہائے جلیلہ" پر نامزدگی کے بعد اپنے دوستوں، ملنے جلنے والوں کے نام سے ارباب اقتدار کا شکریہ ادا کرتے ہوئے اپنی شان میں مبارکباد کے قصیدے نما پوسٹر شائع کرانا پرانی دلی کے سیاسی و سماجی ورکروں کا عام مزاج ہے۔ انٹرنیٹ اور ای میل کے اس دور میں دلی اردو لکھنے پڑھنے اور بولنے والوں کے اس مزاج کی وجہ سے ہمارے شہر میں پوسٹروں کی لکھائی، چھپائی اور لگائی کا دھندہ خیر سے خوب چل رہا ہے۔ دلی والوں کی اس سنت کی آبیاری کرتے ہوئے موصوف نے پہلی فہرست میں اپنے دوستوں اور ملنے جلنے والوں کے نام سے اپنی تعریف وستائش میں پوسٹر چھپوائے۔ پرانی دلی کے گلی کوچوں میں ان پوسٹروں کا لکھنا تھا کہ مزاحیہ قسم کے لوگوں

نے مبارکباد دینے کے لئے موصوف کے گھر کا راستہ دیکھ لیا۔ موصوف مبارکباد دینے کے لئے آنے والوں کا منھ میٹھا کراتے اور ان کے نام و پتے ایک رجسٹر میں درج کر لیتے۔ یہ سلسلہ ہفتوں جاری رہا۔ استاد کے چند نیاز مندوں نے دنیا دکھاوے کے لئے جز وقتی سیاستداں کو مبارکباد دینے کا مشورہ دیا لیکن استاد ٹال گئے۔ استاد کے اس تجاہل عارفانہ نے آگ پر تیل چھڑکنے کا کام کیا اور موصوف کی کینہ پروری اور بڑھ گئی۔ استاد کو زچ کرنے کے لئے ان کے منحرف شاگردوں کی سرپرستی شروع کر دی اور ان کو آگے بڑھانا شروع کر دیا۔

استاد یہ سب ایک خاموش تماشائی کی طرح دیکھتے رہے اور ڈیڑھ دو سال بیت گئے۔ ایک دن کسی سماجی تقریب میں استاد کا اور سیاستداں کا آمنا سامنا ہو گیا۔ استاد نے بڑھ کر سلام کیا، ہاتھ ملایا، اہل و عیال کی خیریت معلوم کی اور بڑی آہستگی سے پوچھا "میاں: آپ کی ممبری کے کتنے دن اور باقی رہ گئے ہیں؟" سیاستداں یہ سوال سن کر چونکے، غور سے استاد کو دیکھا اور بڑی نخوت سے بولے کیا مطلب؟" استاد نے بڑی معصومیت سے جواب دیا" ممکن ہے کہ آپ کے بعد کوئی بہتر اور شریف آدمی آجائے"۔ ان صاحب نے محفل سر پر اٹھالی، چیخ چیخ کر استاد کو برا بھلا کہنے لگے۔ غصے میں ایک دوبار استاد کی طرف لپکے بھی مہمانوں نے بمشکل پکڑا۔ وہ غصے میں کھول رہے تھے اور استاد ایک کونے میں بیٹھے ہوئے زیر لب مسکرا رہے تھے۔ میزبان نے بڑی منت سماجت کر کے معزز سیاستداں کا غصہ ٹھنڈا کیا۔ وجہ ناراضگی کسی کے سمجھ میں نہیں آرہی تھی، لیکن جب معاملہ رفع دفع ہوا اور موصوف نے وجہ ناراضگی بتائی تو میزبان اور مہمان صرف زیر لب مسکرا کر رہ گئے۔

شاید استاد یہی چاہتے تھے اور ایسے ہی کسی موقع کے منتظر تھے۔ موقع ملا اور استاد نے بڑی خاموشی سے تیر چلا دیا۔ تیر نشانے پر لگا اور اگلے ہی دن معزز سیاستداں کی وجہ

ناراضگی اور برہمی گلی کوچوں میں پھیل گئی۔ پرانی دلی والے تفریح لینے کے ماہر تفریح نہ لیں تو کھانا ہضم نہ ہو چنانچہ تفریح شروع ہو گئی۔ معزز سیاستداں جب بھی گھر سے نکل کر بازار میں آتے، کسی نہ کسی کونے سے آواز آتی "میاں کتنے دن رہ گئے ہیں"۔

شروع شروع میں ان آوازوں پر موصوف ٹھٹکتے، پلٹ کر ادھر ادھر دیکھتے اور پھر اپنی راہ لیتے لیکن جب ان آوازوں نے ہر وقت کا پیچھا لے لیا تو موصوف آواز سنتے ہی پلٹتے اور آواز لگانے والوں کو بے نقط سنانی شروع کر دیتے۔ گلیوں میں ان آوازوں نے موصوف کا آنا جانا دوبھر کر دیا۔ چند ہی دنوں میں محلے کے بچے بھی اس ایکٹی وٹی میں شامل ہو گئے۔ موصوف کو دیکھتے ہی آواز لگاتے اور گلیوں میں چھپ جاتے۔ ایک دوبار موصوف نے دوڑ کر آواز لگانے والے کو پکڑا بھی لیکن کھلی اور اڑی۔ کچھ عرصہ بعد موصوف نے بلا ضرورت گھر سے نکلنا چھوڑ دیا تو یار لوگوں نے ان کو وقت بے وقت ٹیلی فون شروع کر دئے۔ فون کی گھنٹی بجتی موصوف لپک کر رسیور اٹھاتے اور جب وہی جملہ "میاں کتنے دن اور رہ گئے ہیں" سنائی دیتا تو موصوف فون کرنے والوں کو بے نقط کی سناتے یا استادرسا پر تبصرہ کرنا شروع کر دیتے۔

میاں! مجھ پر بھی مضمون لکھو

یہ چند سال پہلے کی بات ہے جب ہم ایک مقامی اخبار کے لیے دہلی کے گلی کوچوں میں گمنامی کی زندگی گزارنے والی نابغہ روزگار اور صاحب فن شخصیتوں کے خاکے لکھ رہے تھے تاکہ آنے والے کل کے دہلی والوں کو آج کی دہلی کی شعری، ادبی، سماجی، علمی، تہذیبی اور ثقافتی زندگی کے بارے میں تہی دامنی کا احساس نہ ہو۔ ہم پرانے شہر کی گلیوں اور کوچوں میں گھوم پھر کر ایسی شخصیتوں کو تلاش کرتے، ان سے ملتے اور ان کو آنکتے پرانی دہلی والوں کا خاصہ ہے کہ دو تین ملاقاتوں میں بے تکلف ہو جاتے ہیں اور اپنا سمجھنے لگتے ہیں۔ دہلی والوں کی اس عادت سے ہمیں بہت فائدہ پہنچا۔ ہم بے تکلف ماحول میں ان سے کھل کر گفتگو کرتے اور ان کی سدابہار شخصیتوں کا مشاہدہ کر کے خاکہ لکھتے۔

ہمارے ان خاکوں کا سلسلہ جاری تھا۔ ایک دن ہم بازار چتلی قبر کی مسجد کے قریب اپنے ایک ڈاکٹر دوست کے کلینک میں بیٹھے خوش گپیوں میں مصروف تھے، دنیا جہاں کی باتیں ہو رہی تھیں کہ کلینک کے قریب سے گذرتے ہوئے ایک گول مٹول شخص نے ہمیں غور سے دیکھا، ایک لمحہ کے لیے ٹھٹکے اور پھر آگے بڑھ گئے لیکن چند قدم چل کر پلٹے اور کلینک کی پہلی سیڑھی پر قدم رکھ کر ہم سے مخاطب ہوئے "میاں تم عظیم اختر ہونا" یہ انداز تخاطب ہمیں ناگوار گذرا لیکن یہ سوچ کر چپ رہے کہ دہلی کے کرخندار اپنائیت کی وجہ سے ہی تم کہہ کر خطاب کرتے ہیں۔ ہم نے اثبات میں گردن ہلائی تو وہ "خوب پہچانا بھئی خوب پہچانا" کی تکرار کرتے ہوئے کلینک میں داخل ہوئے اور ایک کرسی پر بیٹھتے ہوئے بے تکلفی سے تنکوں والی گول ٹوپی اتار کر ڈاکٹر کی میز پر رکھی اور پھر

ہم سے مخاطب ہوئے "میاں یقین کرو میں خود تمہاری تلاش میں تھا اور تم سے ملنا چاہتا تھا۔ آج اتفاق سے تم پر نظر پڑ گئی اور میں نے فوراً پہچان لیا۔ تم دہلی والوں پر خوب مضامین لکھ رہے ہو۔ میں نے اب تک تمہارے سارے مضمون پڑھے ہیں۔ میری طرح سلیس اور با محاورہ زبان لکھتے ہو" یہ کہہ کر انہوں نے ہماری طرف دیکھا۔ ہم نے چونک کر کہا "کیا آپ بھی صاحب قلم ہیں۔" اس پر انہوں نے ہمیں ایک بار پھر غور سے دیکھا اور بولے "ہیں؟ حیرت ہے تم مجھے نہیں جانتے۔" یہ کہہ کر انہوں نے ایک ہلکا سا قہقہہ لگایا اور ڈاکٹر سے مخاطب ہوئے ارے ڈاکٹر تمہارے دوست مجھے نہیں جانتے، میرے نام سے واقف نہیں۔ اس سے پہلے کہ ڈاکٹر ہم سے ان کا باقاعدہ تعارف کراتے، وہ خود ہی گویا ہوئے "میاں لگتا ہے اخبار نہیں پڑھتے، اسی لیے مجھ سے ناواقف ہو۔ ارے بھئی میں پشیتنی دہلی والا ہوں اور یہاں کے گلی کوچوں کے مسائل کے بارے میں اخبارات میں مراسلے لکھتا ہوں۔ دہلی کے تقریباً ہر اخبار میں میرے مراسلے شائع ہوتے ہیں۔ جن کو قارئین شوق سے پڑھتے ہیں۔ اب تک تقریباً تین سو مراسلے لکھ چکا ہوں اور سرکاری محکموں کی کارکردگی پر کڑی تنقید کرتا ہوں۔ یہی وجہ ہے کہ میرے ہر مراسلے سے سرکاری محکموں میں کھلبلی مچ جاتی ہے اور افسران کو لینے کے دینے پڑ جاتے ہیں۔ کارپوریشن اور پولیس کا عملہ میرے نام سے ڈرتا ہے۔ ان گلی کوچوں میں جو صفائی اور ستھرائی نظر آ رہی ہے وہ میرے مراسلوں کی ہی بدولت ہے ورنہ سرکاری محکمے ہمارے تمہارے علاقوں کی طرف سے تو آنکھیں بند کئے رکھتے ہیں۔ یہ کہہ کر پشیتنی دلی والے نے داد طلب نگاہوں سے ہمیں دیکھا اور پھر گویا ہوئے "میں اپنے مراسلوں میں ان کی خوب خبر لیتا ہوں۔ میرے ابا مرحوم بھی اخبارات میں مراسلے لکھ کر سرکاری افسران کا ناطقہ بند کئے رکھتے تھے۔ وہ انگریزوں کا دور تھا ظالموں نے ان پر کئی مقدمات چلائے اور

ہر بار منہ کی کھائی۔ میں بھی چاہتا ہوں، سرکار میرے مراسلوں پر کوئی مقدمہ چلائے اور میں اس خاندانی روایت کو پورا کروں۔ لیکن میاں میں کبھی کبھی اپنے مراسلوں میں سرکاری کاموں کی تعریف بھی کرتا رہتا ہوں۔ شاید اسی لیے سرکار میرے خلاف کوئی ایکشن نہیں لیتی۔ اب یہی دیکھو۔ یہ کہہ کر انہوں نے اپنی واسکٹ کی جیب میں ہاتھ ڈالا اور ایک اخبار نکالتے ہوئے بولے "پچھلے مہینے ایک نیم سرکاری ادارے نے اردو کے فروغ کے لیے نئی دہلی میں خواتین کا ایک مشاعرہ کیا تھا۔ منتظمین نے مجھے بھی وی آئی پی کارڈ بھیجا تھا۔ مشاعرے میں جا کر طبیعت خوش ہو گئی اور یقین ہو گیا کہ سرکار اردو کو سچ مچ فروغ دینا چاہتی ہے۔ میں نے اس مراسلے میں سرکاری اقدامات کی کافی تعریف کی ہے۔ منتظمین نے نہ جانے کہاں کہاں سے تلاش کر کے بہترین شاعرات کو مدعو کیا تھا۔ ان شاعرات کا ترنم کیا تھا بس کچھ نہ پوچھو ہر شاعرہ "شعلہ سا لپک جائے ہے آواز تو دیکھو" کی تفسیر بنی ہوئی تھی۔ یہ کہہ کر انہوں نے ہماری طرف غور سے دیکھا اور اس سے پیشتر کہ وہ ان شاعرات کے خدوخال، ناز و ادا اور عشووں کے بارے میں لب کشائی کرتے، ہم نے جلدی سے اخبار لے کر موصوف کا مراسلہ پڑھنا شروع کر دیا، قابل اشاعت مواد کی کمی کی وجہ سے ہر قسم کی خبریں مضامین اور مراسلات شائع کرنا بعض اخبارات کے ایڈیٹرز کی صحافتی مجبوری ہوتی ہے۔ اس نثری قصیدے کی اشاعت بھی اسی مجبوری کی مظہر تھی۔ ہم نے ان کو اخبار واپس کرتے ہوئے کہا کہ "یہ مراسلہ نہیں ایک عمدہ مضمون ہے اور کسی ادبی رسالے میں چھپنا چاہئے۔ آپ نے صحیح لکھا ہے کہ اردو کا جادو چڑھ کر بول رہا ہے اور یہ شاعرات دیوناگری رسم الخط میں غزلیں لکھ کر اردو کو فروغ دے رہی ہیں۔ آپ اس مضمون کو پہلی فرصت میں کسی ادبی رسالے میں بھیج دیں اس کی اشاعت سے ادبی بحث و مباحثے کا دروازہ کھلے گا اور آپ کا نام ہو گا۔" یہ سن کر موصوف باغ باغ ہو گئے اور بولے

"میاں اب تو تم مان گئے کہ میں بڑی گہری نظر رکھتا ہوں اور اچھی زبان لکھتا ہوں۔" یہ سن کر ہم نے جواب دیا' اس میں کوئی شک نہیں کہ آپ کھرے کے کھرے دلی والے ہیں ایسی سلیس زبان آپ کے علاوہ اور کون لکھ سکتا ہے۔" موصوف ہماری بات کاٹتے ہوئے بولے "تو پھر میاں مجھ پر بھی مضمون لکھو۔ مجھ جیسا پشتینی دلی والا اور صاحب قلم تمہیں کہاں ملے گا۔" ٹیپ کے اس مصرع پر ہم بری طرح چونکے اور جلدی سے بولے "ہاں" مضمون تو خیر لکھ دیں گے لیکن ذرا اخبار کے ایڈیٹر سے بات کر لیں۔ بس آپ ہمیں تھوڑا وقت دیں۔ "موصوف شاید ہماری ہر بات کو کاٹنے کی قسم کھا چکے تھے فوراً بولے "میاں ایڈیٹر سے کیا بات کرنی، تم مضمون تو لکھو۔ وہ مضمون تمہارا بہترین مضمون ہو گا۔ کئی لوگ مجھ پر مضمون لکھنا چاہتے ہیں لیکن میں نے سب کو منع کر دیا۔ میری نگاہ میں صرف تمہاری تحریر ہی جچتی ہے۔ ہاں، ایک کام کرو پرسوں تم میرے یہاں کھانے پر آؤ، کلو کی بہترین نہاری کھلواؤں گا پھر بیٹھ کر باتیں ہو گی۔

عام طور پر کہا جاتا ہے کہ دلی والے اسی طرح نہاری، بریانی، قورمہ، شیرمال اور کباب کھلا کر پیٹ میں اترتے ہیں اور کام کراتے ہیں، چنانچہ نہاری کی اس دعوت کو سنی ان سنی کرتے ہوئے ہم بولے "آپ نہاری وغیرہ کے تکلف میں نہ پڑیں، ہم کسی دن خود ہی آپ کے یہاں حاضر ہو جائیں گے یا پھر ڈاکٹر صاحب کے کلینک میں ہی بیٹھ کر باتیں کریں گے۔" یہ سن کر انہوں نے فوراً کہا "ہاں! یہ ٹھیک رہے گا، یہیں بیٹھ کر میرا انٹرویو کر لینا۔ سوالنامہ تو تیار کر ہی لو گے۔ اب میں چلتا ہوں۔ گوشت لینے کے لیے گھر سے نکلا تھا۔ گھر والی انتظار کر رہی ہو گی۔ لیکن میاں مضمون ضرور لکھنا۔ یقین کرو مضمون کی فوٹو کاپیاں کروا کر سارے محلے میں بٹواؤں گا۔ اس طرح تمہاری شہرت میں اضافہ ہو گا۔" یہ کہہ کر موصوف اٹھے تنکوں والی گول ٹوپی سر پر رکھی اور السلام علیکم کہہ کر گوشت والے دکان

کی طرف بڑھ گئے۔

ڈاکٹر جو اس تمام عرصہ میں خاموش تماشائی بنے ہوئے تھے ان کے جانے کے بعد کسمسائے اور مسکرا کر بولے "عظیم بھائی، اللہ آپ پر رحم کرے، انہوں نے کئی بار مجھ سے آپ کے گھر کا پتہ معلوم کیا تھا اور میں نے ٹال دیا تھا۔ آخر آج پکڑ میں آ ہی گئے۔ یہ ہمارے علاقے کی چراند ہیں۔ سوچ لیجئے! اگر آپ نے مضمون نہیں لکھا تو یہ آپ کی اور میری خوب ایسی کی تیسی کر دیں گے۔" ہم نے کہا "میاں گھبراؤ نہیں آج کے بعد ہم مہینوں تمہارے کلینک پر نظر نہیں آئیں گے۔ تم بس ٹالتے رہنا۔"

اس پشتینی دہلی والے مراسلہ نگار سے ملنے کے بعد ہم نے دہلی والوں پر خاکہ لکھنے کا سلسلہ ہی بند کر دیا۔ اگر کل کلاں ایسے ہی کسی اور پشتینی دہلی والے نے ہمیں یہ کہہ کر پکڑ لیا کہ وہ روزانہ اردو کا اخبار پڑھتا ہے، باقاعدہ نہاری کھاتا ہے سترہویں کے میلے میں اہتمام سے شرکت کرتا ہے باؤلی میں نہاتا ہے۔ روزانہ رات دیر گئے تک اردو بازار کی بند دکانوں کے تھڑوں پر بیٹھ کر یار دوستوں سے گپ ماتا ہے اور ٹھیٹ کرخنداروں کی زبان بولتا ہے اس پر بھی مضمون لکھا جائے تو ہم کیا کریں گے۔

***